هشت بهشت

داستان‌های کوتاه با مضامین اجتماعی

سریال کتاب: P22456250084

عنوان کتاب: هشت بهشت

نویسنده: افسانه میرابی

طراحی جلد: فهیمه آهنگران

ISBN/شابک کتاب: 978-1-989880-86-9

سایز کتاب: 6.5 * 6.5 اینچ

تعداد صفحات: ۱۶

تاریخ انتشار در ایران: ۱۳۹۵

تاریخ انتشار در کانادا : مارچ ۲۰۲۲

Kidsocado Publishing House

خانه انتشارات کیدزوکادو

ونکوور، کانادا

تلفن : ‎+1 (833) 633 8654

واتس آپ: ‎+1 (236) 333 7248

ایمیل : info@kidsocado.com

وبسایت انتشارات: https://kidsocadopublishinghouse.com

وبسایت فروشگاه: https://kphclub.com

سلام هم زبان

دستیابی ایرانیان مقیم خارج از کشور به کتاب‌های بسیار متنوع و جدیدی که به تازگی در ایران نگاشته و چاپ می شود، محدود است. ما قصد داریم این خدمت را به فارسی زبانان دنیا هدیه دهیم تا آنها بتوانند مانند شما با یک کلیک کتاب‌هایی در زمینه‌های مختلف را خریداری کنند و درب منزل تحویل بگیرند.

خانه انتشارات کیدزوکادو تحت حمایت گروه کیدزوکادو این افتخار را دارد تا برای اولین بار کتاب‌های با ارزش تألیفی فارسی را در اختیار ایرانیان مقیم خارج از ایران قرار دهد.

از اینکه توانستیم کتابهای جدید و با ارزشی که به قلم عالی نویسندگان و نخبگان خوب ایرانی نگاشته شده است را در اختیار شما قرار دهیم و در هر چه بیشتر معرفی کردن ایران و ایرانیان و فارسی زبانان قدم برداریم، بسیار احساس رضایتمندی داریم.

این کتاب‌ها تحت اجازه مستقیم نویسنده و یا انتشارات کتاب صورت گرفته و سود حاصله بعد از کسر هزینه‌ها، به نویسنده پرداخته می‌شود.

خانه انتشارات کیدزوکادو در قبال مطالب داخل کتاب هیچگونه مسئولیتی ندارد و صرفاً به عنوان یک انتشار دهنده می‌باشد. شما خواننده عزیز ما را با گذاشتن نظرات در وب سایتی که کتاب را تهیه کرده‌اید به این کار فرهنگی دلگرمتر کنید. از کامنتی که در برگیرنده نظرتان نسبت به کتاب است عکس بگیرید و برای ما به این ایمیل بفرستید. از هر ۴ نفری که برایمان کامنت می‌فرستند، یک نفر یک کتاب رایگان دریافت می‌کند.

ایمیل :   info@kidsocado.com

مقـدمه

با توجه به رشد پدیده‌ی شهر نشینی و دغدغه‌های زندگی شهری و ماشینی امروزه و پایین بودن سرانه‌ی مطالعه در کشورمان، سعی شده در مجموعه‌ای که در پیش روی شما می‌باشد با بیان ۸ داستان کوتاه و کاملاً مختصر، به مفاهیمی چون مهربانی، انتظار فرج، امید، صبر و گذشت و ایثار، کرم و بزرگواری خداوند به بندگانش و ... اشاره شود.

مفاهیمی که در دنیای امروزه جایگاه کم‌رنگ‌تری در زندگی‌مان دارند.

امید است با تشویق و ترغیب کودکان، نوجوانان و جوانان که آینده سازان این جامعه می‌باشند به فرهنگ مطالعه و کتاب خوانی بتوانیم باعث رشد و ترقی و اعتلای کشور عزیزمان شویم.

خدایـا چنـان کن سرانجام کار

که تو خشنود باشی و ما رستگار

پیرمرد و پرنـده

سال‌ها بود که در قفس زندانی بود، او همدم پیرمردی بود که هر روز برایش آب و دانه می‌آورد و با او صحبت می‌کرد و قفسش را تمیز می‌کرد. آرزوی پرواز برایش تبدیل به آرزویی محال و دست نیافتنی شده بود. روزها از پی هم سپری می‌شد، تا این که روزی، وقتی پیرمرد در قفس را باز کرد تا برای پرنده آب و دانه بگذارد ناگهان بر زمین افتاد و از هوش رفت.

خدای من، این بهترین لحظه‌ای بود که او همیشه انتظارش را می‌کشید. آزادی!

به سمت پنجره رفت تا برای همیشه قفس و پیرمرد را ترک کند. اما گویی پایش یارای رفتن نداشت. گویا هنوز تکه‌ای از قلبش آن جا بود. برگشت و به چهره‌ی معصوم و دست‌های پیرمرد نگاه کرد. آن گاه تصمیمش را گرفت. بر روی شانه‌های پیرمرد نشست و زیباترین آوازها را سر داد، ناگهان اتاق پر از نور شد و امید و.....

حجت خداوند

او هر روز می‌رفت و در جاده‌ای که دو طرفش دشتی خالی از گیاه بود خیره به جاده می‌شد، شاید او بیاید و او را ببیند.

این شده بود کار هر روزش. همه به او می‌خندیدند: او دیوانه است.

بله او دیوانه بود، دیوانه‌ی او. اما در درون قلبش ندایی به او می‌گفت: او سرانجام می‌آید. هر روز که می‌رفت به یاد هر روز گل شقایقی در دشت‌ها می‌کاشت. کم کم دیگر دو طرف جاده پر شده بود از گل‌های شقایق، اما او هنوز نیامده بود.

روزی که آخرین گل را برداشت تا در دشت بکارد، گویی در آن هنگام خداوند لبخند زد، او از دور نوری را دید. جرقه‌ای از امید و عشق را.

بله او آمد. او پس از سال‌ها آمد، و تمامی دنیا غرق در نور و سرور شد. او آمد... چرا که او حجت خداوند در روی زمین بود.

قصه‌ی مرداب

مرداب دیگر خسته شده بود. یک عمر سکون و آرامش محض. او دیگر از این سکون بدش می‌آمد. تنها هم دم او سنجاقکی شده بود که روزها به مرداب سر می‌زد. آرزو داشت مثل دریا خروشان و پر صلابت باشد. دریایی که آبی و زیبا بود و جاری و همه او را دوست داشتند.

دریایی که موج‌های سهمگینی داشت، و همه جا را در می‌نوردید. اما او چه .....

روزی مرداب تصمیم گرفت بخوابد، و وقتی از خواب بیدار شد یا تبدیل به دریا شود، یا برای ابد به خواب رود.

اما فردا با صداهای زیادی از خواب بیدار شد. نه دریا شده بود و نه .....

صدها گل زیبا در وجودش روییده بودند. همه‌ی گل‌ها با خنده و احترام به او گفتند: ما از تو متشکریم که باعث حیات و زندگی ما شدی، چرا که حیات ما در سکون و آرامش تو است.

گل کاکتوس و گل رز

گل کاکتوس مدت‌ها بود که پشت پنجره‌ای مشرف به باغ زیبایی از گل‌های رز ساکن بود. او هر روز با گل رز صحبت می‌کرد و گل رز از زیبایی و رنگ و عطرش که فضا را پر می‌کرد و تمامی افراد را سرمست می‌کرد، برای گل کاکتوس صحبت می‌کرد.

گل کاکتوس هر بار سکوت می‌کرد. او چیزی نداشت که در مقابل زیبایی‌های گل رز بیان کند. این سکوت ادامه داشت تا یک روز صبح وقتی گل کاکتوس خواست چشمانش را باز کند احساس سنگینی عجیبی کرد.

خوب نگاه کرد، ناگهان دید گل بسیار زیبایی از وجودش جوانه زده است. در آن لحظه بود که رو به سمت گل رز کرد تا با تمام وجود و با صدای بلند به او بگوید که ....

اما در این هنگام دید که پسری دوان دوان آمد و گل رز را از ساقه چید و باغ را ترک کرد.

و خداوند به داد انسان رسید

در سمتی شیطان ایستاده بود و در سمت دیگر انسان. شیطان در دستانش چیزهای فراوانی داشت و هر از گاهی آن‌ها را عرضه می‌کرد. شادی، پول، سلامتی و.......

انسان به خود نگاه کرد، او در مقابل چه چیزی در دست داشت؟

کم‌کم داشت شک می‌کرد و گاهی دلش می‌خواست به شیطان بپیوندد. اما در این کشاکش ناگهان نوری قلب انسان را روشن کرد، خداوند به داد انسان رسید. او چیزی داشت که شیطان در مقابل آن چیزی در دست نداشت و آن چیزی نبود جز «صبر» شیطان وقتی صبر را دید پا به فرار گذاشت و محو شد.

در این موقع بود که بر لبان انسان لبخندی نشست.

لبخندی که تا ابد همراهش بود.

چون او فریب شیطان را نخورده بود و به او نباخته بود. او شیطان را شکست داده بود.

مورچه و چکاوک

چکاوک زار و ناتوان جلوی لانه‌ی مورچه افتاده بود و منتظر آب و دانه‌ای بود، تا دوباره جان تازه‌ای بگیرد.

مورچه به درون لانه‌اش نگاهی انداخت تنها آذوقه‌ای که داشت دانه‌ی گندمی بود که برای روز مبادا نگه داشته بود. نگاهی به چکاوک انداخت، بی‌حال و ناتوان روی زمین افتاده بود. مردد بود، باید انتخاب می‌کرد. این که دیگر فردا چیزی برای خوردن نداشته باشد یا این که جان چکاوک را نجات دهد؟

مورچه تصمیمش را گرفت، تنها دانه‌اش را برای چکاوک آورد و او را از مرگ حتمی نجات داد.

فردای آن روز وقتی مورچه برای پیدا کردن آذوقه بیرون رفت، هزاران چکاوک را دید که به او می‌خندیدند، در حالی‌که هر کدام از آن‌ها دانه‌ای به دهان گرفته بودند و برای تشکر از مورچه‌ی مهربان آمده‌اند.

نقـــاشی

پسرک نقاشی می‌کشید. نقاشی‌های زیبا: گل، پرنده، دریا، جنگل.
در تمام این مدت از همگی رنگ‌ها بهره برد جز رنگ «سیاه». او رنگ
سیاه را دوست نداشت، چرا که رنگ سیاه رنگ غم بود.

روزی جعبه‌ی مداد رنگی‌اش را برداشت و رنگ سیاه را از بین مداد
رنگی‌ها جدا کرد و آن را دور انداخت. او هرگز به رنگ سیاه احتیاجی
نداشت. فردای آن روز معلم گفت: موضوع نقاشی هفته‌ی آینده:

تصویری از ابر سیاه و تیره‌ای که از آن ابر بارانی زیبا بر روی کوه‌ها و
جنگل‌ها و مرغزارها می‌بارد.

و انسان عاشق شد

انسان از خدا گله‌مند بود. او درخواست‌های زیادی داشت. خدایا چرا این‌ها را به من نمی‌دهی؟

خدا گفت: چه می‌خواهی ای بنده. بخواه هر چه می‌خواهی، تا دستانت را پر کنم از آن چه آرزوی داشتن آن را داری و انسان گفت:

خوشبختی، پول، زیبایی، مقام و....

و خداوند تمامی آن‌ها را به انسان ارزانی کرد. پس از مدتی انسان دوباره به سراغ خدا آمد. خدا گفت: چه شده؟ آیا به تمامی آن چه آرزو داشتی نرسیدی؟

انسان گفت: چرا

خداوند گفت: پس چرا هنوز ناراضی و ناراحت؟

انسان گفت: زیرا در بین تمامی خواسته‌هایم فقط تنها یک چیز را باید می‌طلبیدیم و آن را نخواستم، با داشتن آن به تمامی آن چه می‌خواهم می‌رسم.

خدایا من از تو می‌خواهم تمامی داده‌هایت را بگیری و آن گوهر را به من ارزانی داری. خداوند گفت: آن گوهر چیست؟

انسان گفت: عشق

و این چنین بود که انسان تمامی دارایی خود را از دست داد تا عشق را برگزیند. و انسان عاشق شد!

آثار افسانه میرابی

kphclub.com

Amazon.com

درباره افسانه میرابی

تحصیلات : لیسانس زبان و ادبیات فارسی

- ✓ همکاری با انتشارات کتاب درمانی (ویراستار به مدت یک سال)
- ✓ دریس خصوصی درس عروض و قافیه
- ✓ همکاری با سازمان صدا و سیمای مرکز خراسان رضوی (نویسنده برنامهٔ دهکده و نمایشنامه رادیویی
- ✓ همکاری با سازمان فرهنگی تفریحی شهرداری مشهد و معاونت فرهنگی
- ✓ همکاری با سازمان فرهنگی تفریحی شهرداری مشهد (سر دبیر نشریه گفته ها و نا گفته ها به صاحب امتیازی سازمان فرهنگی و تفریحی شهرداری مشهد.)
- ✓ همکاری با شهرداری منطقهٔ ثامن ، واحد فرهنگی
- ✓ همکاری با شهرداری منطقهٔ ثامن ، واحد فرهنگی
- ✓ مدیر مسوول موسسه فرهنگی هنری ((بوستان آسمان مهر)) با مجوز از فرهنگ و ارشاد اسلامی . موضوع فعالیت : انجام خدمات چاپ و نشر ، حروف چینی ، ویرایش و تصحیح ، تنظیم ، طراحی ، صفحه آرایی ، و نظارت بر چاپ و نشریه
- ✓ ناشر
- ✓ نویسندهٔ کودک و نوجوان و نویسندهٔ کتاب های : امید کوچولو – هشت بهشت – گفتگوی مهتاب – در مسیر خورشید – وافی – مهمانی به نام بهار خانوم – ماجرای دشت ناز – موجود ناشناس و سطح زمین
- ✓ نمایندهٔ بانوان و عضو شورای اجتماعی محلهٔ آب و برق (شهرداری منطقهٔ ۹)
- ✓ بر پایی نمایشگاه صنایع دستی و خود اشتغالی از توانمندی های بانوان منطقهٔ ۹ شهرداری مشهد در مکان های ((بوستان وکیل آباد)) و ((بوستان وفا)) در تابستان سال ۹۶
- ✓ مدرس دوره های نویسندگی کودک و نوجوان
- ✓ فعال فرهنگی و اجتماعی